Arthur Conan Doyle

La Pierre de Mazarin

Texte et illustration de couverture : © domaine public
Edition : Culturea (Hérault, 34)
Contact : infos@culturea.fr
Retrouvez notre catalogue sur http://culturea.fr
Imprimé en Allemagne par Books on Demand
Design typographique : Derek Murphy
Layout : Reedsy (https://reedsy.com/)

Dépôt légal : janvier 2023
Tous droits réservés pour tous pays

ISBN : 9791041928200

Table des matières

La pierre de Mazarin

Le docteur Watson fut ravi de se retrouver une fois de plus dans l'appartement mal tenu du premier étage de Baker Street, point de départ de tant d'aventures extraordinaires. Il regarda autour de lui : les graphiques savants sur les murs, la table rongée par les acides où s'alignaient les produits chimiques destinés à diverses expériences, l'étui à violon debout dans un angle, le seau à charbon qui contenait comme autrefois des pipes et du tabac. Finalement ses yeux s'arrêtèrent sur le jeune visage souriant de Billy ; ce petit groom aussi perspicace que plein de tact avait un peu aidé à combler l'abîme de solitude et d'isolement où vivait le grand détective.

– Pas de changement apparent, Billy. Vous non plus vous n'avez pas changé. J'espère que l'on peut dire la même chose de lui ?

Billy jeta un coup d'œil non dépourvu de sollicitude dans la direction de la porte de la chambre à coucher ; elle était fermée.

– Je crois qu'il est au lit et qu'il dort, dit-il.

Il était sept heures du soir, et ce jour d'été avait été magnifique ; mais le docteur Watson était suffisamment familiarisé avec les heures irrégulières de son vieil ami pour ne pas éprouver la moindre surprise.

– Autrement dit, il a une affaire en train ?

– Oui, monsieur. Une affaire sur laquelle il vient de travailler dur. Je suis inquiet pour sa santé. Il pâlit, il maigrit, il ne mange pas… « Quand vous plaira-t-il de dîner, monsieur Holmes ? » a demandé Mme Hudson. « A sept heures trente après-demain », a-t-il répondu. Vous savez comment il est quand une affaire le préoccupe !

– Oui, Billy, je sais.

– Il file quelqu'un. Hier il est sorti ; on aurait dit un ouvrier à la recherche d'un emploi. Aujourd'hui il s'est déguisé en vieille femme. Je me suis presque laissé attraper. Pourtant, je devrais le connaître maintenant !...

Billy désigna en souriant une immense ombrelle appuyée contre le canapé.

– ... Elle faisait partie de l'ensemble de la vieille dame, ajouta-t-il.

– Mais de quel genre d'affaire s'agit-il ?

Billy baissa la voix, comme s'il allait confier un grand secret d'État.

– Ça ne me gêne pas de vous le dire, monsieur, mais que ceci reste entre nous ! C'est l'affaire du diamant de la Couronne.

– Quoi ! Le vol du joyau qui vaut dans les cent mille livres sterling ?

– Oui, monsieur. Il faut le récupérer, monsieur. Comprenez : nous avons eu ici le premier ministre et le ministre de l'Intérieur, assis sur ce même canapé. M. Holmes les a reçus très gentiment. Il les a tout de suite mis à l'aise, et il a promis de faire tout son possible. Puis il y a eu lord Cantlemere...

– Ah !

– Oui, monsieur. Vous savez ce que ça veut dire. Un type plutôt rigide, si j'ose m'exprimer ainsi. Je m'entends bien avec le premier ministre, je n'ai rien contre le ministre de l'Intérieur qui me fait l'impression d'un homme obligeant, courtois ; mais ce lord, je ne peux pas le supporter ! Et M. Holmes est comme moi, monsieur. Vous voyez, il ne croit pas en M. Holmes, et il était opposé à ce qu'on l'emploie. Il serait bien content qu'il échoue !

– Et M. Holmes le sait ?

– M. Holmes sait toujours tout ce qu'il y a à savoir.

– Hé bien ! nous espérons qu'il n'échouera pas et que lord Cantlemere sera confondu. Mais dites-moi ; Billy, à quoi sert ce rideau tendu devant la fenêtre ?

– M. Holmes l'a installé il y a trois jours. Nous avons mis quelque chose d'amusant derrière.

Billy avança et tira la draperie qui masquait l'alcôve de la fenêtre en saillie.

Le docteur Watson ne put réprimer un cri de stupéfaction. Était apparue une reproduction grandeur nature de son vieil ami en robe de chambre, la figure tournée de trois quarts vers la fenêtre et regardant en bas, comme s'il lisait un livre invisible, tandis que le corps était enfoncé dans un fauteuil. Billy détacha la tête et la tint en l'air à bout de bras.

– Nous la disposons selon des angles différents, afin qu'elle soit plus vivante. Je n'oserais pas la toucher si le store n'était pas baissé. Mais quand il est levé, vous pouvez voir le faux M. Holmes de l'autre côté de la rue.

– Une fois déjà nous nous sommes servis de ce truc-là.

– Pas de mon temps, dit Billy.

Il releva le store pour regarder dans la rue.

– Il y a des gens qui nous épient de là-bas. Je distingue un type qui est à la fenêtre. Regardez vous-même.

Watson avait avancé d'un pas quand la porte de la chambre s'ouvrit pour laisser passer la longue silhouette mince de Holmes ; il avait le visage pâle et tiré, mais le pas aussi alerte que d'habitude. D'un bond il fut à la fenêtre et baissa le store.

– Ça suffit, Billy ! dit-il. Vous étiez en danger de mort, mon garçon, et je ne peux pas encore me passer de vous. Alors, Watson ? C'est bon de vous revoir dans ce vieil appartement ! Vous arrivez à un moment critique.

– C'est ce qu'il me semblait.

– Vous pouvez disposer, Billy... Ce garçon me pose un problème, Watson. Jusqu'à quel point ai-je raison de l'exposer au danger ?

– Danger de quoi, Holmes ?

– De mort subite. Je m'attends à quelque chose pour ce soir.

– A quoi vous attendez-vous ?

– A être assassiné, Watson.

– Allons, vous plaisantez !

– Le sens limité de l'humour qui m'est imparti pourrait, je vous assure, engendrer de meilleures plaisanteries que celle-là. Mais en attendant ma mort, un peu de confort n'est pas interdit, n'est-ce pas ? L'alcool est-il prohibé ? Le gazogène et les cigares sont à leur vieille place. Ah ! laissez-moi vous regarder assis une fois de plus dans votre fauteuil préféré ! Vous n'avez pas appris, j'espère, à mépriser ma pipe et mon lamentable tabac ? C'était pour remplacer mes repas, ces jours-ci.

– Mais pourquoi n'avez-vous pas mangé ?

– Parce que les facultés s'aiguisent quand vous les faites jeûner. Voyons, mon cher Watson, en tant que médecin, vous admettez bien que ce que votre digestion fait gagner à votre sang est autant de perdu pour votre cerveau ? Je suis un cerveau, Watson. Le reste de mon individu n'est que l'appendice de mon cerveau. Donc, c'est le cerveau que je dois servir, d'abord !

– Mais ce danger, Holmes ?

– Ah ! oui. Pour le cas où la menace se réaliserait, il vaudrait peut-être mieux que vous encombriez votre mémoire du nom et de l'adresse de l'assassin. Vous pourrez les communiquer à Scotland Yard, avec mes affections et ma bénédiction. Il s'appelle Sylvius, comte Negretto Sylvius. Écrivez le nom, mon vieux, écrivez-le ! 136, Moorside Gardens, N. W. Ça y est ?

L'honnête visage de Watson était tourmenté par l'angoisse. Il ne connaissait que trop bien les risques immenses que prenait Holmes, et il se doutait que cette confidence était plutôt au-dessous qu'au-delà de la vérité. Watson était toujours porté à l'action ; il saisit l'occasion qui se présentait.

– Comptez-moi dans le jeu, Holmes. Je n'ai rien à faire pendant quarante-huit heures.

– Votre moralité ne progresse pas, Watson. A tous vos autres vices, voilà que vous avez ajouté le mensonge ? Vous avez manifestement l'air d'un médecin très pris, appelé à toute heure du jour et de la nuit par des malades.

– Pas à ce point. Mais ne pouvez-vous pas faire arrêter cet individu ?

– Si, Watson. Je pourrais le faire arrêter. Voilà ce qui lui déplaît tellement.

– Mais pourquoi ne le faites-vous pas arrêter, alors ?

– Parce que j'ignore où est le diamant.

– Ah ! Billy m'en a parlé : le joyau manquant de la Couronne ?

– Oui, la grosse pierre jaune de Mazarin. J'ai lancé mon filet et j'ai mes poissons. Mais je n'ai pas la pierre. Alors à quoi bon les prendre ? Certes, le monde serait meilleur si nous les mettons hors d'état de nuire. Mais ils ne m'intéressent pas. C'est le diamant que je veux.

– Et ce comte Sylvius est l'un de vos poissons ?

– Oui. Un requin. Il mord. L'autre est Sam Merton, le boxeur. Pas un mauvais type, ce Sam ; mais le comte s'en est servi. Sam n'est pas un requin. C'est un gros goujon stupide à tête ronde. Mais il fait quand même de gros sauts dans mon filet.

– Où est ce comte Sylvius ?

– Je me suis trouvé tout ce matin au coude-à-coude avec lui. Vous m'avez déjà vu en vieille dame, Watson ? Jamais je n'ai été plus séduisant que ce matin. Il m'a même tenu un moment mon ombrelle. « Avec votre permission, madame », m'a-t-il dit : à moitié Italien, vous savez, et il a toute la grâce méridionale dans les manières quand il est de bonne humeur, mais dans l'humeur opposée, il est le diable incarné. La vie est pleine de fantaisie, Watson.

– Ç'aurait pu être une tragédie !

– Ma foi, peut-être ! Je l'ai suivi jusqu'à la boutique du vieux Straubenzee. Straubenzee a fabriqué un fusil à vent, un très joli joujou je crois, et j'ai tout lieu de penser que ledit fusil est placé dans la fenêtre d'en face à l'heure actuelle. Avez-vous vu le mannequin ? Bien sûr, Billy vous l'a montré ! Hé bien ! il peut recevoir à tout moment une balle dans sa magnifique tête. Ah ! Billy, qu'y a-t-il ?

Le groom était entré en portant une carte de visite sur un plateau. Holmes la regarda en haussant le sourcil et sourit d'un air amusé.

– Sylvius en personne ! Je ne m'y attendais guère. Il prend le tison par où il brûle, Watson ! Il ne manque pas d'aplomb. Vous le connaissez peut-être de réputation, comme chasseur de gros gibier. En vérité, ce serait une conclusion triomphale à son tableau de chasse s'il m'ajoutait à sa liste. Voilà la preuve qu'il sent mon orteil sur ses talons.

– Faites venir la police !

– Oh ! je la ferai venir sans doute ! Mais pas encore. Voudriez-vous regarder précautionneusement par la fenêtre, Watson ? Ne voyez-vous personne qui flâne par là ?

Watson souleva hardiment le bord du rideau.

– Si, il y a un costaud près de la porte.

– Sam Merton : le fidèle mais stupide Sam. Où est ce gentleman, Billy ?

– Dans le salon d'attente, monsieur.

– Quand je sonnerai, faites-le monter.

– Oui, monsieur.

– Si je ne suis pas dans cette pièce, introduisez-le quand même.

– Oui, monsieur.

Watson attendit que la porte fût close pour se tourner vers son compagnon.

–Attention, Holmes ! Voici qui est tout bonnement impossible ! Il s'agit d'un homme prêt à tout, qui ne reculerait devant rien. Il vient peut-être vous tuer.

– Cela ne m'étonnerait pas.

– J'insiste pour demeurer près de vous.

– Vous gêneriez terriblement.

– Je le gênerais ?

– Non, mon cher ami : vous me gêneriez.

– Voyons, je ne peux pas vous quitter, Holmes !

– Si, Watson, vous pouvez. Et vous me laisserez, car vous avez toujours joué le jeu, et je suis sûr que vous le jouerez jusqu'au bout. Cet homme est venu pour un motif bien à lui, mais il se peut qu'il y reste pour un motif à moi...

Holmes prit son calepin et griffonna quelques lignes.

– ...Prenez un fiacre et allez à Scotland Yard. Vous remettrez ceci à Doughal, du département des recherches criminelles. Revenez avec la police. L'arrestation du comte suivra.

– Avec joie, Holmes !

– Avant votre retour, j'aurai peut-être juste le temps de découvrir où est la pierre...

Il sonna.

– ...je crois que nous passerons dans la chambre. La deuxième issue est très utile dans certains cas. Et puis, j'aime voir mon requin sans qu'il me voie ; vous savez que j'y réussis assez bien quand je le veux.

Ce fut donc dans une pièce vide que Billy, quelques instants plus tard, introduisit le comte Sylvius. Le célèbre chasseur, sportsman et homme du monde, était gros, basané, pourvu d'une formidable moustache noire qui protégeait une bouche cruelle aux lèvres minces et que surplombait un long nez recourbé en bec d'aigle. Il était bien habillé mais sa cravate brillante, son épingle étincelante, ses bagues flamboyantes produisaient trop d'effet. Quand la porte se referma derrière lui, il inspecta les lieux d'un regard farouche, perçant, comme s'il soupçonnait un piège dans chaque meuble. Il sursauta violemment quand il vit la tête impassible et le buste de la robe de chambre qui émergeaient du fauteuil devant la fenêtre. D'abord sa figure n'exprima que de la stupéfaction. Puis la lueur d'un espoir horrible éclaira ses yeux sombres, meurtriers. Il jeta un regard rapide autour de lui pour être sûr qu'il n'y avait pas de témoin ; et puis, sur la pointe des pieds, sa lourde canne à demi levée, il s'approcha de la silhouette immobile. Il était en train de se ramasser pour prendre son élan et frapper quand une voix froide, sardonique, l'interpella par la porte ouverte de la chambre à coucher.

– Ne le cassez pas, comte ! Épargnez-le !

L'assassin recula, surpris. Il releva sa canne comme pour tourner sa violence de la copie vers l'original ; mais dans le regard gris acier et dans le sourire moqueur il lut quelque chose qui l'obligea à baisser la main.

— C'est une jolie petite œuvre d'art, fit Holmes, en avançant vers le mannequin de cire. Tavernier, le modéliste français, en est l'auteur. Il est aussi adroit pour travailler la cire que votre ami Straubenzee pour fabriquer des fusils à vent.

— Des fusils à vent, monsieur ? Que voulez-vous dire ?

— Posez votre chapeau et votre canne sur ce guéridon. Merci ! Asseyez-vous, je vous prie. Cela vous gênerait de vous débarrasser de votre revolver ? Oh ! qu'à cela ne tienne ! Si vous préférez vous asseoir dessus !... Votre visite tombe à pic, car j'avais diablement envie d'avoir cinq minutes de tranquillité avec vous.

Le comte grogna. Ses sourcils retombèrent, menaçants.

— Moi aussi je désirais vous parler, Holmes. Voilà pourquoi je suis venu ici. Je ne nierai pas que j'avais l'intention de vous descendre.

Holmes balança ses longues jambes pour poser ses talons sur le bord de la table.

— J'avais vaguement dans l'idée que votre tête mijotait un projet de ce genre, dit-il. Mais pourquoi me combler de vos attentions particulières ?

— Parce que vous êtes parti en guerre contre moi. Parce que vous avez attaché vos gens à ma personne.

— Mes gens ! Je vous jure que non !

– Mensonge ! J'ai été suivi ! Et je les ai fait suivre ! C'est un jeu qui peut se jouer à deux, Holmes !

– Petit détail, comte Sylvius ! Mais peut-être pourriez-vous vous adresser correctement à moi ? Certes, avec mon travail routinier, je me trouve soumis à une certaine familiarité avec la moitié des bandits de ce monde ; vous conviendrez que, venant de vous, elle est désobligeante.

– Très bien, donc, monsieur Holmes.

– Bravo ! Mais je vous affirme que vous vous êtes trompé avec mes soi-disant agents.

Le comte Sylvius eut un rire méprisant.

– D'autres hommes possèdent un don d'observation égal au vôtre. Hier c'était un vieux chômeur. Aujourd'hui une vieille femme. De la journée ils ne m'ont pas quitté d'une semelle.

– Vraiment, monsieur, vous me flattez ! Le vieux baron Dowson a dit à mon sujet, la veille du jour où il fut pendu, que ce que la loi avait gagné, la scène l'avait perdu. Et à votre tour voici que vous donnez à mes petits déguisements une louange si... agréable !

– C'était vous ? Vous-même ?

Holmes haussa les épaules.

– Vous pouvez voir dans ce coin l'ombrelle que vous m'avez si galamment tenue avant que vous ayez soupçonné quoi que ce soit.

– Si j'avais su, jamais...

– Jamais je ne serais rentré chez moi, n'est-ce pas ? Oh ! je le savais bien ! Nous laissons tous échapper des occasions, et nous les regrettons ensuite... Mais le fait est que vous ne m'avez pas reconnu, et nous voici face à face.

Les sourcils du comte s'avancèrent plus pesamment au-dessus de ses yeux menaçants.

– Ce que vous dites ne fait qu'envenimer les choses : il ne s'agissait pas d'agents à vous, mais de vous ! Vous convenez que vous m'avez suivi. Pourquoi ?

– Du calme, comte ! Vous avez pris l'habitude de tuer des lions en Afrique.

– Hé bien ?

– Mais pourquoi ?

– Pourquoi ? Le sport, le plaisir, le danger...

– Et aussi, sans doute, pour libérer le pays d'un fléau ?

– Exactement !

– Voilà un excellent résumé de mes motifs.

Le comte sauta en l'air ; sa main se dirigea involontairement vers sa poche revolver.

– Asseyez-vous, monsieur ! J'avais une autre raison, une raison plus pratique : il me faut ce diamant jaune !

Le comte Sylvius s'adossa avec un mauvais sourire.

– Je vous donne ma parole... fit-il.

– Vous saviez que c'était la raison pour laquelle je vous filais. Le véritable motif de votre venue ici ce soir est de savoir ce que je sais sur l'affaire et si ma suppression est absolument nécessaire. Hé bien ! je reconnais volontiers que, de votre point de vue, ma suppression est absolument indispensable. Car je sais tout, sauf une petite chose que vous allez me dire.

– Tiens, tiens ! Et qu'est donc, je vous prie, cette petite chose ?

– Où se trouve actuellement le diamant de la Couronne ?

Le comte lança un regard âpre vers son interlocuteur.

– Oh ! vous voulez le savoir, hé ? Comment diable voulez-vous que je vous renseigne ?

– Vous le pouvez, et vous le ferez.

– Vraiment ?

– Vous ne pouvez pas me bluffer, comte Sylvius !...

Les yeux de Holmes, qui le fixaient, se contractèrent et se rétrécirent : on aurait dit deux pointes d'acier.

– ...Vous êtes absolument une glace sans tain. Je lis en vous jusqu'au fond de votre âme.

–. Alors, vous savez où est le diamant.

Holmes battit des mains et leva un doigt ironique.

– Donc vous le savez. Vous venez de l'admettre !

– Je n'ai rien admis.

– Allons, comte, si vous êtes raisonnable, nous pouvons faire affaire. Sinon, il vous arrivera malheur.

Le comte Sylvius leva les yeux vers le plafond.

– Et c'est vous qui parlez de bluff ! soupira-t-il.

Holmes le regarda pensivement, comme un champion d'échecs qui médite son échec et mat. Puis il ouvrit le tiroir de la table et sortit un gros carnet.

– Savez-vous qui je tiens dans ce livre ?

– Non, monsieur, pas du tout !

– Vous

– Moi ?

– Oui, monsieur, vous ! Vous êtes tout entier ici, par chaque vilenie de votre vie !

– Dieu me pardonne, Holmes ! s'écria le comte. Ma patience a des limites.

– Tout y est, comte. Les faits réels concernant la mort de la vieille Mme Harold qui vous avait légué le domaine de Blymer. Domaine que vous avez dilapidé au jeu...

– Vous rêvez !

– Et toute l'histoire de la vie de Mlle Minnie Warrender.

– Tut ! Vous ne pouvez rien en faire...

– Ici, je trouve beaucoup mieux, comte. Par exemple le vol commis dans le train de luxe de la Riviera le 13 février 1892. Voici le faux chèque tiré la même année sur le Crédit Lyonnais.

– Non. Là vous êtes dans l'erreur.

– Je suis donc dans le vrai pour le reste. Allons, comte ! Vous êtes un joueur de cartes. Quand votre adversaire possède tous les atouts, vous n'avez plus qu'à jeter vos cartes.

– Quel est le rapport entre tout ce bavardage et le joyau dont vous m'avez parlé ?

– Doucement, comte ! Modérez votre impatience ! Laissez-moi marquer les points à ma manière. Je possède déjà tout cela contre vous. Mais, surtout, j'ai un dossier parfait contre vous et votre garde du corps dans l'affaire du diamant de la Couronne.

– Vraiment !

– J'ai le cocher qui vous a conduit à Whitehall et le cocher qui vous a ramené. J'ai le commissionnaire qui vous a vu près de la vitrine. J'ai Ikey Sanders, qui a refusé de le débiter pour vous. Ikey a mouchardé : la partie est terminée.

Les veines se gonflèrent sur le front du comte. Ses mains brunes, poilues, se crispèrent sous l'effet d'une violente émotion contenue. Il essaya de parler, mais les mots ne se façonnèrent pas dans sa bouche.

— Voilà la main avec laquelle je joue, dit Holmes. J'ai abattu mes cartes sur la table. Il me manque une carte : le roi de carreau. Je ne sais pas où est le diamant.

— Vous ne le saurez jamais.

— Non ? Allons, comte, soyez raisonnable ! Considérez la situation. Vous allez être sous clé pendant vingt ans. Sam Merton également. Que tirerez-vous de votre diamant pendant ce temps-là ? Rien du tout. Mais si vous le rendez... hé bien ! je pactiserai avec le crime ! Nous ne vous voulons pas, vous, ni Sam. Nous voulons la pierre. Rendez-la-nous, et tout au moins en ce qui me concerne vous partirez libre et vous le resterez tant que vous vous comporterez honorablement dans l'avenir. Si vous commettez une nouvelle faute... Tant pis, elle sera la dernière ! Mais cette fois, j'ai mandat de récupérer la pierre, pas de vous mettre sous les verrous.

— Et si je refuse ?

— Hé bien ! malheureusement, si je n'ai pas la pierre, vous paierez.

Billy avait paru en réponse à un coup de sonnette.

— Je pense, comte, qu'il ne serait pas mauvais que votre ami Sam assiste à cet entretien. Après tout, ses intérêts sont en jeu. Billy, vous verrez devant la porte un gentleman gros et laid. Priez-le de monter.

— Et s'il ne veut pas, monsieur ?

— Pas de violences, Billy ! Ne le brutalisez pas ! Si vous lui déclarez que le comte Sylvius le réclame, il montera tout de suite.

– Qu'allez-vous faire maintenant ? interrogea le comte quand Billy eut disparu.

– Mon ami Watson vient de me quitter. Je lui ai dit que dans mon filet j'avais un requin et un goujon. Maintenant je lève mon filet, et hop ! je les remonte tous les deux.

Le comte s'était dressé et il avait porté la main à son dos. Holmes fit pointer dans sa direction un objet qui faisait une bosse dans la poche de sa robe de chambre.

– Vous ne mourrez pas dans votre lit, Holmes !

– J'ai eu souvent la même idée. Est-ce si important de mourir dans son lit ? Après tout, comte, votre propre sortie de ce monde sera plus vraisemblablement verticale qu'horizontale. Mais finissons-en avec ces anticipations morbides. Pourquoi ne pas nous abandonner sans remords aux joies du présent ?

Un éclair comme on en voit s'allumer dans les yeux des fauves passa dans le regard du criminel. Plus Holmes se tendait et se préparait à tout, plus il semblait grandir aux yeux de son adversaire.

– Il ne sert de rien de chatouiller votre revolver, mon ami ! dit-il d'une voix calme. Vous savez pertinemment que n'oserez pas l'utiliser, même si je vous laissais le temps de tirer. Ce sont des instruments malpropres et bruyants, comte, les revolvers ! Tenez-vous-en plutôt aux fusils à vent. Ah ! je crois que j'entends le pas de fée de votre estimable partenaire.

– Bonjour, monsieur Merton. Vous deviez vous ennuyer dans la rue, n'est-ce pas ?

Le boxeur était un jeune homme à lourde charpente qui avait l'air aussi stupide qu'obstiné. Il demeura gauchement à la porte et regarda autour de lui avec étonnement. Cette attitude débonnaire de Holmes le surprenait ; il se rendait compte confusément qu'elle était hostile, mais il ne savait pas comment la contrer. Il se tourna vers son camarade.

— Qu'est-ce que ça veut dire, comte ? Que nous veut ce type ? Que se passe-t-il ?

Il avait la voix grave et rauque.

Le comte haussa les épaules ; Holmes répondit à sa place.

— Pour vous résumer la situation, monsieur Merton, je dirai que tout est terminé.

Le boxeur continua à s'adresser à son associé.

— Est-ce que ce pigeon essaie d'être drôle, ou quoi ? Moi je n'ai pas envie de rire !

— Je m'en doute, fit Holmes. Je peux même vous assurer que plus la soirée avancera, moins vous vous sentirez d'humeur riante. Maintenant, écoutez-moi, comte Sylvius ! Je suis un homme fort occupé et je ne peux pas perdre de temps. Je vais dans ma chambre. Je vous prie de vous considérer ici comme chez vous en mon absence. Vous pourrez expliquer la situation à votre ami sans être gêné par ma présence. Je vais attaquer la barcarolle d'Hoffmann sur mon violon. Dans cinq minutes, je reviendrai pour entendre votre réponse définitive. Vous avez bien saisi l'alternative, n'est-ce pas ? Ou vous, ou la pierre.

Holmes se retira en emmenant son violon. Quelques instants plus tard, les premières notes plaintives du plus obsédant de tous les airs jaillirent de l'autre côté de la porte fermée.

— Que se passe-t-il donc ? interrogea Merton avec anxiété. Il est au courant pour la pierre ?

– Il est au courant de beaucoup trop de choses à propos de la pierre. Je me demande s'il ne sait pas tout.

– Seigneur !

La figure maussade du boxeur blêmit.

– Ikey Sanders nous a mouchardés.

– Ah ! il nous a mouchardés ? Je jure que je l'étendrai pour le compte, s'il nous a trahis !

– Ce qui ne nous aiderait pas beaucoup. Il faut que nous décidions ce que nous allons faire.

– Un petit moment ! dit le boxeur en regardant d'un air soupçonneux du côté de la porte de la chambre. C'est un pigeon isolé qui demande qu'on s'occupe de lui. Je suppose qu'il ne nous écoute pas ?

– Comment pourrait-il écouter en jouant du violon ?

– C'est vrai. Il y a peut-être quelqu'un derrière un rideau. Je trouve qu'il y a beaucoup de rideaux dans cette pièce.

Regardant à droite et à gauche, il aperçut pour la première fois le mannequin à la fenêtre ; il s'arrêta net, trop ahuri pour dire un mot.

– Tut ! C'est une reproduction, lui expliqua le comte.

– Un faux, quoi ? Hé bien ! Mme Tussaud n'en a pas autant ! Formidable ! C'est craché ! Mais ces rideaux, Comte !...

– Oh ! laissez tomber les rideaux ! Nous perdons notre temps, et nous n'en avons pas de trop ! Il peut nous envoyer au bagne, Sam, avec cette pierre.

– Pour sûr qu'il le peut, si Ikey nous a mouchardés !

– Mais il nous laisse filer si nous lui disons où elle est.

– Quoi ! Renoncer à la pierre ? Renoncer à cent mille livres ?

– C'est l'un ou l'autre.

Merton se gratta la tête.

– Il est seul ici. Il n'y a qu'à entrer. Une fois débarrassés de lui, nous n'aurons plus rien à craindre.

Le comte fit signe que non.

– Il est armé. Il est prêt. Si nous le tuons, comment sortir d'un endroit pareil ? Par ailleurs il est probable que la police est au courant des preuves qu'il a réunies. Tiens ! Qu'est-ce que cela ?

Un bruit vague sembla venir de la fenêtre. Les deux hommes écoutèrent, mais tout était calme. En dehors du mannequin assis sur son fauteuil, personne sûrement ne se trouvait dans la pièce.

– Quelque chose dans la rue, dit Merton. Maintenant, à vous, patron ! C'est vous qui avez de la tête. Certainement vous allez trouver un truc pour nous en sortir. Si la pierre ne sert à rien, c'est à vous de le dire.

– J'ai possédé des types plus forts que lui ! dit le comte. La pierre est dans ma poche. Je n'ai pas voulu courir le risque de m'en séparer. Elle peut être sortie ce soir d'Angleterre et coupée en quatre morceaux à Amsterdam avant dimanche. Il n'est pas au courant pour Van Seddar.

– Je croyais que Van Seddar partait la semaine prochaine ?

– Il devait partir seulement la semaine prochaine. Mais maintenant il faut qu'il parte par le prochain bateau. L'un ou l'autre de nous doit courir avec la pierre à Lime Street et le voir.

– Mais le fond truqué n'est pas prêt !

– Qu'il prenne la pierre comme elle est et qu'il coure sa chance. Nous n'avons plus un instant à perdre...

A nouveau, avec le sens du danger qui devient chez le chasseur un véritable instinct, il s'arrêta et regarda en direction de la fenêtre. Oui, c'était sûrement de la rue qu'était venu le bruit de tout à l'heure.

– ... Quant à Holmes, poursuivit-il, nous pouvons le mystifier assez facilement. Cet imbécile ne nous fera pas arrêter s'il peut récupérer la pierre. Hé bien ! nous lui promettrons qu'il aura la pierre. Nous le mettrons sur une fausse piste, et avant qu'il s'aperçoive que la piste est fausse, la pierre sera en Hollande et nous au diable !

– Pas mal ! s'écria Sam Merton.

– Vous allez partir et dire au Hollandais qu'il se dépêche. Moi, je vais voir cette sangsue, et je l'occuperai avec une fausse confession. Je lui dirai que la pierre est à Liverpool. Oh ! au diable cette musique ! Elle me porte sur les nerfs. Pendant qu'il constatera qu'elle n'est pas à Liverpool, elle sera à Amsterdam et nous sur l'eau bleue. Revenez ici ensuite. Voici la pierre.

– Je me demande comment vous osez la porter sur vous !

– Où serait-elle mieux en sécurité ? Puisque nous avons pu la voler à Whitehall, quelqu'un d'autre pourrait aussi bien la voler chez moi.

– Laissez-moi la regarder un peu...

Le comte Sylvius couvrit son complice d'un regard peu flatteur et dédaigna la main malpropre qui se tendait vers lui.

– Hé bien ? Vous croyez que je vais la garder pour moi ? Dites donc, Mister, je commence à être un peu fatigué de vos manières !

– Allons, Sam, je ne voulais pas vous froisser ! Nous ne pouvons pas nous offrir le luxe d'une querelle en ce moment. Mettez-vous près de la fenêtre si vous voulez voir convenablement le joyau. Levez-le à la lumière ! Là !

– Merci !

D'un bond, Holmes avait sauté du fauteuil du mannequin et s'était emparé du précieux joyau. Il le tenait dans une main et de l'autre il pointait un revolver vers la tête du comte. Les deux bandits reculèrent, stupéfaits. Avant qu'ils se fussent repris, Holmes avait sonné.

– Pas de violences, messieurs ! Aucune violence, s'il vous plaît ! Respectez mes meubles ! Votre situation est sans issue. La Police attend en bas.

La stupéfaction du comte l'emporta sur la peur et la colère.

– Mais comment diable ?... balbutia-t-il.

– Votre surprise est tout à fait normale. Vous ne saviez pas qu'une deuxième porte de ma chambre ouvrait derrière ce rideau.

J'ai eu peur que vous m'ayez entendu quand j'ai déplacé le mannequin, mais la chance était avec moi. Ce qui m'a donné l'occasion d'écouter votre conversation distinguée, laquelle aurait été contrariée si vous vous étiez doutés de ma présence.

Le comte fit un geste de résignation.

– Nous vous donnons gagnant, Holmes. Je crois que vous êtes le diable en personne.

– Sinon lui, du moins un de ses proches parents ! répondit Holmes avec un sourire poli.

L'esprit lent de Sam Merton commençait à réaliser la situation. Comme des pas pesants se faisaient entendre dans l'escalier, il rompit enfin le silence.

– Un drôle de flic ! fit-il. Mais je ne comprends pas : cette rengaine ? Je l'entends encore.

– Vous avez parfaitement raison, répondit Holmes. Le violon continue à jouer. Ces gramophones modernes sont une invention remarquable !

La police fit irruption, les menottes se refermèrent sur les poignets des criminels, ceux-ci furent emmenés vers le fiacre qui attendait en bas. Watson demeura avec Holmes et le complimenta sur le nouveau laurier qu'il venait d'ajouter à sa couronne. Mais leur conversation fut interrompue par l'imperturbable Billy, qui entra avec une carte de visite sur un plateau.

– Lord Cantlemere, monsieur.

– Faites-le monter, Billy. Voici le pair éminent qui représente de très hauts intérêts, dit Holmes. C'est un excellent personnage très loyal, mais qui date légèrement. L'assouplirons-nous un peu ? Oserons-nous prendre avec lui certaines libertés ? Il ne sait certainement pas ce qui vient de se passer.

La porte s'ouvrit sur un homme maigre au visage austère, taillé à coups de hache, paré d'énormes favoris noirs mi-victoriens qui s'harmonisaient assez mal avec les épaules voûtées et la taille mince. Holmes s'avança avec affabilité et serra une main molle.

– Comment allez-vous, lord Cantlemere ? Il fait frais pour cette époque de l'année, mais dans un appartement la température est assez douce. Voulez-vous retirer votre manteau ?

– Non, merci. Je le garde sur moi.

Holmes posa une main insistante sur la manche.

– Je vous en prie, permettez-moi ! Mon ami le docteur Watson vous dirait que ces changements de température sont traîtres.

Sa Seigneurie se libéra avec quelque impatience.

– Je suis très bien, monsieur. D'ailleurs je ne reste pas. Je suis simplement entré pour savoir si votre enquête progressait.

– Elle est difficile, monsieur. Très difficile.

– Je pensais bien que vous la trouveriez difficile...

Le ricanement perçait sous les paroles et l'attitude du vieux courtisan.

– ... Chacun d'entre nous découvre ses limites, monsieur Holmes. Mais au moins cette découverte guérit-elle d'une faiblesse humaine : la satisfaction de soi-même.

– Oui, monsieur, je suis très embarrassé.

– Je n'en doute point.

– Spécialement sur un point. Peut-être consentiriez-vous à m'aider ?

– Vous me demandez conseil un peu tard aujourd'hui. Je croyais que vos méthodes suffisaient à tout. Toutefois je suis disposé à vous aider.

– Voyez-vous, lord Cantlemere, nous pourrons sans aucun doute constituer un dossier contre les voleurs.

– Quand vous les aurez pris.

– En effet. Mais la question qui se pose est... Comment opérerons-nous contre le receleur ?

– N'est-ce pas un peu prématuré ?

– Il vaut mieux que nos plans soient tout prêts. A votre avis, quelle preuve pourrait être considérée comme formelle contre le receleur ?

– Quelle preuve ? Hé bien ! qu'il ait réellement la pierre en sa possession !

– Cela vous paraît suffisant pour le faire arrêter ?

– Naturellement !

Holmes riait rarement, mais cette fois il approcha vraiment du gros rire.

— En ce cas, mon cher monsieur, je vais être sous la pénible nécessité de vous faire arrêter.

Lord Cantlemere se mit très en colère. Ses joues creuses se colorèrent de vieilles flammes qu'on aurait pu croire irrévocablement éteintes.

— Vous prenez de grandes libertés, monsieur Holmes ! En cinquante années de vie officielle, je ne me souviens pas d'une audace analogue. Je suis fort occupé, monsieur, engagé dans des affaires importantes, et je n'ai ni le goût, ni le temps de plaisanter stupidement. Je tiens à vous dire, monsieur, que je n'ai jamais cru en vos facultés, et que j'ai toujours considéré que l'affaire aurait été bien mieux menée par la police régulière. Votre comportement confirme toutes mes conclusions. J'ai l'honneur, monsieur, de vous souhaiter le bonsoir.

Avec vivacité, Holmes s'était déplacé, et il s'était interposé entre le pair et la porte.

— Un moment, monsieur ! lui dit-il. Partir pour de bon avec la pierre de Mazarin serait un crime beaucoup plus grave que d'être trouvé en sa possession provisoire.

— Monsieur, voici qui est intolérable ! Laissez-moi passer !

— Plongez la main dans la poche droite de votre manteau.

— Que voulez-vous insinuer, monsieur ?

— Allons, allons ! Faites ce que je vous dis.

Dans la minute qui suivit, le pair demeura pétrifié, clignant des yeux et bégayant, avec la grosse pierre jaune dans la paume de sa main tremblante.

– Comment ! Quoi ! Monsieur Holmes !

– C'est trop fort, lord Cantlemere, trop violent, n'est-ce pas ? s'écria Holmes. Mon vieil ami Watson vous dira que les farces sont chez moi une habitude impie. Et aussi que je ne résiste jamais au plaisir de créer une situation dramatique. J'ai pris la liberté (une très grande liberté, j'en conviens !) de mettre la pierre dans votre poche tout au début de notre entretien.

Le vieux lord regarda le visage souriant de Holmes.

– Monsieur, je suis émerveillé. Mais... Oui, c'est bien la pierre de Mazarin ! Nous sommes grandement vos débiteurs, monsieur Holmes. Votre sens de l'humour peut, comme vous en avez convenu, être un tant soit peu déplacé et ses manifestations remarquablement hors de propos ; du moins je retire tout ce que j'ai pu dire sur vos stupéfiantes qualités professionnelles. Mais comment ?...

Les détails attendront. Je ne doute pas, lord Cantlemere, que le plaisir que vous prendrez à raconter l'heureuse issue de cet incident dans les milieux supérieurs que vous allez retrouver rachètera quelque chose de ma mauvaise plaisanterie. Billy, voulez-vous reconduire Sa Seigneurie, et avertir Mme Hudson que je serais heureux si elle nous montait le plus tôt possible un dîner pour deux.

Toutes les aventures de Sherlock Holmes

Liste des quatre romans et cinquante-six nouvelles qui constituent les aventures de Sherlock Holmes, publiées par Sir Arthur Conan Doyle entre 1887 et 1927.

Romans

* Une Étude en Rouge (novembre 1887)
* Le Signe des Quatre (février 1890)
* Le Chien des Baskerville (août 1901 à mai 1902)
* La Vallée de la Peur (sept 1914 à mai 1915)

Les Aventures de Sherlock Holmes

* Un Scandale en Bohême (juillet 1891)
* La Ligue des Rouquins (août 1891)
* Une Affaire d'Identité (septembre 1891)
* Le mystère de la vallée de Boscombe (octobre 1891)
* Les Cinq Pépins d'Orange (novembre 1891)
* L'Homme à la Lèvre Tordue (décembre 1891)
* L'Escarboucle Bleue (janvier 1892)
* Le Ruban Moucheté (février 1892)
* Le Pouce de l'Ingénieur (mars 1892)
* Un Aristocrate Célibataire (avril 1892)
* Le Diadème de Beryls (mai 1892)
* Les Hêtres Rouges (juin 1892)

Les Mémoires de Sherlock Holmes

* Flamme d'Argent (décembre 1892)
* La Boite en Carton (janvier 1893)
* La Figure Jaune (février 1893)
* L'Employé de l'Agent de Change (mars 1893)
* Le Gloria-Scott (avril 1893)
* Le Rituel des Musgrave (mai 1893)
* Les Propriétaires de Reigate (juin 1893)

* Le Tordu (juillet 1893)
* Le Pensionnaire en Traitement (août 1893)
* L'Interprète Grec (septembre 1893)
* Le Traité Naval (octobre / novembre 1893)
* Le Dernier Problème (décembre 1893)

Le Retour de Sherlock Holmes

* La Maison Vide (26 septembre 1903)
* L'Entrepreneur de Norwood (31 octobre 1903)
* Les Hommes Dansants (décembre 1903)
* La Cycliste Solitaire (26 décembre 1903)
* L'École du prieuré (30 janvier 1904)
* Peter le Noir (27 février 1904)
* Charles Auguste Milverton (26 mars 1904)
* Les Six Napoléons (30 avril 1904)
* Les Trois Étudiants (juin 1904)
* Le Pince-Nez en Or (juillet 1904)
* Un Trois-Quarts a été perdu (août 1904)
* Le Manoir de L'Abbaye (septembre 1904)
* La Deuxième Tâche (décembre 1904)

Son Dernier Coup d'Archet

* L'aventure de Wisteria Lodge (15 août 1908)
* Les Plans du Bruce-Partington (décembre 1908)
* Le Pied du Diable (décembre 1910)
* Le Cercle Rouge (mars/avril 1911)
* La Disparition de Lady Frances Carfax (décembre 1911)
* Le détective agonisant (22 novembre 1913)
* Son Dernier Coup d'Archet (septembre 1917)

Les Archives de Sherlock Holmes

* La Pierre de Mazarin (octobre 1921)
* Le Problème du Pont de Thor (février et mars 1922)
* L'Homme qui Grimpait (mars 1923)

* Le Vampire du Sussex (janvier 1924)
* Les Trois Garrideb (25 octobre 1924)
* L'Illustre Client (8 novembre 1924)
* Les Trois Pignons (18 septembre 1926)
* Le Soldat Blanchi (16 octobre 1926)
* La Crinière du Lion (27 novembre 1926)
* Le Marchand de Couleurs Retiré des Affaires (18 décembre. 1926)
* La Pensionnaire Voilée (22 janvier 1927)
* L'Aventure de Shoscombe Old Place (5 mars 1927)